Pour Maman Karine, Papa Angel
et super génial Bébé Joann.
M.

À Papi Michel et Mamie Michèle.
L. R.

Bali

Léa

Maman

Papa

© Flammarion, 2013
Éditions Flammarion – 87, quai Panhard-et-Levassor – 75647 Paris Cedex 13
www.editions.flammarion.com
ISBN : 978-2-0812-8540-8 – N° d'édition : L.01EJDN000893.C002
Dépôt légal : octobre 2013
Imprimé en Chine par Toppan Leefung – octobre 2016
Loi n° 49-956 du 16 juillet 1949 sur les publications destinées à la jeunesse
TM Bali est une marque déposée de Flammarion

Magdalena

Laurent Richard

fait un bonhomme de neige

Père Castor ■ Flammarion

Ce matin, il neige.
Bali adore la neige.
Le nez collé au carreau, il regarde les flocons
qui tombent derrière la fenêtre.
– C'est joli, dit Bali, tout est blanc maintenant.

– Et quand tout est blanc, que fait-on ?
demande Mamili.
– On met sa doudoune, son bonnet et ses gants ?
répond Bali.
– Oui, mais pour faire quoi ?
– Heu, pour sortir ?
– Pour faire un beau bo...
– Bonhomme de neige ! crie Bali tout content.

Bali et Mamili s'habillent chaudement.
Bali enfonce bien son bonnet sur ses oreilles,
et Mamili l'aide à nouer son écharpe.
– Je suis prêt pour le pôle Nord ! dit Bali.

Dans le jardin, tout est calme.
Bali avance en suivant
les traces de pas de Mamili.
Ça l'amuse de marcher dans ses empreintes.
– Hi hi, mon pied est plus petit que le tien,
dit Bali.

Bali et Mamili font rouler une petite boule de neige.
Elle devient alors très grosse.
– Maintenant, il faut une autre boule
plus petite pour la tête, dit Mamili.
– Attends, je vais la faire tout seul celle-là !
répond Bali.

Le bonhomme de neige tout blanc
se dresse dans le jardin.
Bali et Mamili le regardent.
– Il est tout nu, il va s'enrhumer, dit Bali.
– Hum, c'est vrai. Rentrons à la maison
chercher de quoi l'habiller.

Dans la cuisine, Bali prend une carotte
et deux noix. Il dit :
– J'ai déjà ce qu'il faut pour faire
son nez et ses yeux.
– Mais que va-t-on mettre sur le dos
de ce bonhomme de neige ? demande Mamili.

Mamili et Bali fouillent dans le placard de Papili.
Mamili trouve une vieille écharpe colorée.
– Comme ça, il n'aura pas froid au cou, dit Bali.
– Et voilà un bonnet, dit Mamili.
– Avec un pompon qui pend, c'est drôle !
se moque Bali.

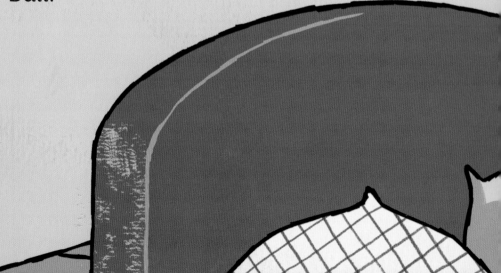

De retour au jardin,
Bali habille le bonhomme de neige.
Il n'oublie rien.
Quand il a fini, il dit :
– Monsieur Bonhomme de neige,
tu es bien beau !

Léa, qui faisait la sieste,
sort dans le jardin avec Papili.
– Oh, un Papili ! s'écrie-t-elle
en voyant le bonhomme de neige.
– Mais je ne suis pas si gros !
dit Papili faussement vexé.

Et tous se mettent à rire.